Vente du Samedi 18 Février 1865

ÉMAUX CLOISONNÉS

DE LA CHINE

EXPOSITION PUBLIQUE :

Le Vendredi 17 Février 1865

Mᵉ Ch. PILLET, Commissaire-Priseur

MM. MANNHEIM, Experts

EXEMPLAIRE DE H. STETTINER

PARIS. IMPRIMERIE DE PILLET FILS AINÉ

5, RUE DES GRANDS-AUGUSTINS.

CATALOGUE

D'UNE BELLE COLLECTION

D'ÉMAUX CLOISONNÉS

DE LA CHINE

Tels que : Grand Brûle-parfums, Guéridon,
Très-belles Cassolettes, Vases, Cornets, Jardinières, Flambeaux, etc.;
Très-beaux Vases en bronze incrustés d'or et d'argent;
Matières précieuses, telles que : Cristaux de roche, Lapis, Jades, Agates, etc.;
Deux belles Bouteilles en porcelaine de Chine;
Cabinets en laque rouge de Pékin

DONT LA VENTE AURA LIEU

HOTEL DROUOT, SALLE N° 5

AU PREMIER

Le Samedi 18 Février 1865

A DEUX HEURES

Par le ministère de Mᵉ **CHARLES PILLET**, Commissaire-Priseur,
rue de Choiseul, n° 11,
Assisté de MM. **MANNHEIM**, Experts, rue de la Paix, 10,

Chez lesquels se distribue le présent Catalogue.

EXPOSITION PUBLIQUE

Le Vendredi 17 Février 1865, de une heure à cinq heures.

CONDITIONS DE LA VENTE

Elle sera faite au comptant.

Les acquéreurs payeront, en sus des adjudications, *cinq pour cent*, applicables aux frais.

Paris. Imp. PILLET FILS AÎNÉ, rue des Grands-Augustins, 5.

DÉSIGNATION

DES OBJETS

Émaux cloisonnés

1 — Grand et très-beau brûle-parfums, de forme ovale à quatre lobes, surmonté d'un couvercle dômé, à frise découpée à jour et dont le bouton est formé par un cheval ailé en bronze doré reposant sur des nuages. Les quatre pieds sont formés pas des animaux chimériques et les anses par des têtes de coqs en bronze doré.

Toutes les parties de cette pièce remarquable sont couvertes par des oiseaux, des fleurs, des rinceaux et des ornements émaillés de riches couleurs, sur fond bleu turquoise. Grand diam., 81 cent.; petit diam., 70 cent.; haut., 80 cent.

2 — Très-beau guéridon de forme ronde, représentant un paysage boisé avec kiosques et personnages. Sur le premier plan, un vieillard accroupi, en costume rouge, joue

d'un instrument à cordes. près de lui un homme assis l'écoute. Sur le second plan, deux personnages jouent aux dames ; un groupe de trois autres figures assistent et semblent s'intéresser à cette partie. A droite se trouvent deux personnages dont l'un porte un bouquet de fleurs.

Cette pièce, émaillée de très-riches couleurs. est remarquable par la beauté de sa composition et par sa dimension exceptionnelle. Diam.. 87 cent.

3 — Jolie cassolette de forme ronde reposant sur trois pieds émaillés, et à têtes chimériques réservées en bronze doré. La panse et la gorge du vase sont émaillées de fleurs en couleurs sur fond bleu turquoise. Les anses surélevées sont décorées sur leurs deux faces de grecques émaillées bleu foncé, et le couvercle, émaillé de fleurs, est enrichi d'entredeux en bronze doré découpés à jour. Le bouton de ce dernier est formé de dragons et de nuages en bronze doré reperce à jour. Socle en bois sculpté. Haut., 49 cent.

4 — Deux beaux cornets. dont la partie inférieure, en forme de balustre, est décorée de fleurs émaillées en couleurs. sur fond bleu turquoise. Le col des vases est orné de palmettes émaillées de fleurs sur fond vert, avec entredeux de fleurs en couleur sur fond bleu turquoise. Socles en bois sculpté. Hauteur. 40 cent.

5 — Deux grands et beaux flambeaux, à larges plateaux de forme ronde. Il sont émaillés dans toutes leurs parties de fleurs et d'ornements jaspés de couleurs variées sur fond bleu turquoise et bleu foncé alternés. Socles en bois sculpté. Haut., 39 cent.

6 — Deux jolies lanternes, modèle losange, dont les montants, la base et le col sont décorés de fleurs et d'ornements émaillés en couleur sur fond bleu turquoise et vert alternés. Deux de leurs faces sont enrichies de grues sacrées en ronde-bosse reposant sur des rochers, en émail cloisonné et dont les têtes sont réservées en bronze doré.

Ces deux jolies pièces reposent sur des socles en bois sculpté. Hauteur totale. 47 cent.

7 — Cassolette ou brûle-parfums de forme sphérique, émaillée de fleurs en couleur sur fond bleu turquoise et ornements gros bleu. Elle repose sur trois pieds en forme de consoles, émaillés en couleur, avec parties réservées en bronze doré ; les deux anses sont formées de dragons en bronze doré. Le couvercle d'émail cloisonné est surmonté d'un petit éléphant en bronze doré. Socle en bois sculpté. Haut., 50 cent.

8 — Brûle-parfums de forme analogue à celui qui précède. Il est décoré de grecques émaillées bleu foncé sur fond bleu turquoise. Les pieds, émaillés de même, sont surmontés de têtes chimériques réservées en bronze doré. Les anses sont formées de têtes d'éléphant, et le couvercle est en bronze ciselé et doré à ornements découpés à jour. Socle en bois sculpté. Haut., 37 cent.

9 — Jolie cassolette de forme ronde à deux petites anses droites surélevées, émaillée d'ornements et de rosaces en couleur sur fond bleu turquoise. Elle repose sur trois têtes d'éléphants en bronze doré et le couvercle émaillé de fleurs en couleur sur fond bleu turquoise est enrichi

de médaillons en bronze ciselé et doré à ornements découpés à jour. Son bouton, de même métal, est formé de chimères se jouant dans des nuages. Haut. 33 cent.

10 — Très-joli vase forme balustre, à deux anses à anneaux mouvants, émaillé de fleurs et d'ornements en couleur sur fond bleu turquoise et bleu foncé alternés. Socle en bois sculpté. Haut., 35 cent.

11 — Vase de forme ovoïde, à fleurs, oiseaux et ornements, émaillés en couleur sur fond bleu turquoise. Il repose sur trois petits éléphants en bronze doré ; ses anses sont formées par des dragons de même métal, et son couvercle est enrichi de parties en bronze doré finement ciselées et repercées à jour. Haut., 43 cent.

12 — Joli vase, forme balustre carré, dont les quatre faces sont décorées de fleurs, d'oiseaux et d'ornements émaillés en couleur sur fond bleu turquoise. Les anses, en bronze doré, sont formées par des têtes chimériques à anneaux mouvants. Haut., 34 cent.

13 — Deux jolies jardinières de forme carré-long à angles coupés, décorées d'ornements et de fleurs émaillés en couleur sur fond bleu turquoise. Larg., 21 cent.

14 — Petite cassolette de forme ronde, émaillée de fleurs sur fond bleu turquoise. Ses trois pieds et ses deux anses sont formés par des têtes d'éléphants en bronze doré. Le bouton du couvercle présente un éléphant couché, de même métal. Haut., 19 cent.

15 — Pitong de forme carrée à angles rentrants, présentant sur chacune de ses faces un médaillon de fleurs émaillées en couleur sur fond bleu turquoise, avec entourage de rosaces émaillées rouge sur fond bleu foncé. Haut., 13 cent.

16 — Petite gourde de forme ronde et plate, à deux anses découpées à jour, reliant le goulot droit à la panse du vase. Elle est décorée de fleurs et d'ornements émaillés de belles couleurs sur fond bleu turquoise. Haut., 17 cent.

17 — Petit vase en forme de coquillage, émaillé de bleu, vert, rose et rouge, avec boules saillantes réservées en bronze doré.

18 — Deux jolies petites coupes en forme de fruit, décorées de chauve-souris en couleur sur fond bleu turquoise. L'anse, formée de branchages et de fruits, est en bronze doré.

19 — Quatre jolies boîtes en forme d'équerre; deux d'entre elles sont décorées de fleurs émaillées en couleur sur fond bleu turquoise, et les deux autres sont décorées de fleurs en couleur sur fond bleu foncé. Le pourtour des quatre boîtes est décoré de rosaces en couleur sur fond bleu. Elles seront vendues par deux.

20 — Grand et beau tableau, de forme carré long sur hauteur, portant une longue inscription dont les caractères sont émaillés noir sur fond bleu turquoise, ainsi que deux cachets émaillés rouge sur fond blanc. La bordure est composée d'une grecque bleu foncé sur fond bleu turquoise. Haut. 87 cent.; larg. 57 cent.

21 — Deux porte-bouquets en forme de petites coupes, reposant sur des pieds de forme hémisphérique; le tout émaillé de fleurs et d'ornements en couleurs, sur fonds bleu turquoise et vert alternés.

22 — Cassolette de forme ronde et basse, décorée de fleurs et de rosaces en couleurs, sur fond bleu turquoise, de très-joli ton.

23 — Petit vase forme balustre carré, décoré de fleurs et d'ornements, sur fond bleu turquoise et à deux anses en bronze doré, découpées à jour.

Émail peint

24 — Grand et beau vase, modèle balustre, en cuivre émaillé de la Chine. Il est décoré de médaillons, de fleurs et d'oiseaux en couleurs, sur fond blanc, avec entourage de nuages, de rosaces et de fleurs en couleurs, sur fond jaune. Le col du vase porte des groupes de fruits sur fond rose. Socle et couvercle en bois sculpté. Haut. 48 cent.

Bronzes

25 — Grand et beau vase, forme balustre ovale, en bronze, à dragons et ornements en relief, enrichis d'incrustations d'argent et d'or. Les anses sont formées par des têtes chimériques. Ce vase, de travail chinois, très-an-

cien, est muni d'une belle patine verte. Socle en bois
sculpté. Haut. 44 cent.

26 — Très-belle aiguière à panse carrée et arêtes saillantes,
en bronze, enrichie d'ornements en relief avec incrustations d'or et d'argent. L'anse est ornée d'une tête chimérique. A l'intérieur se trouve une longue inscription
gravée. Travail chinois, très-ancien. Haut. 31 cent.; larg.
38 cent.

27 — Vase en forme de gourde plate, en bronze, enrichi de
bandes incrustées d'ornements en argent. Les anses sont
formées par des anneaux mouvants. Haut. 32 cent.

28 — Vase très curieux, formé par deux oiseaux accolés
dont les becs forment l'orifice supérieur. Cette pièce, en
bronze, est enrichie dans toutes ses parties d'incrustations en argent. Travail très-ancien. Haut. 25 cent.

29 — Vase analogue à celui qui précède. mais plus petit. Ce
bronze est enrichi d'incrustations en or. Travail chinois,
très-ancien. Haut. 17 cent.

30 — Très-jolie cassette. de forme carré-long et pourtour
profilé, en fer très richement damasquiné en or dans
toutes ses parties, à fruits et ornements. Travail de
l'Inde.

31 — Bronze japonais. Deux grands et beaux groupes formés
de figurines de femmes en riches costumes, montées sur
des buffles.

32 — Bronze japonais. Figure de déesse debout, en riche
costume. Elle a les bras élevés et soutient une masse
imitant une pierre, qui porte en relief trois larges caractères. Pièce curieuse.

33 — Bronze japonais avec parties dorées. Trois figurines
de femmes debout, en riches costumes.

34 — Bronze japonais. Trois petites figurines de femmes
accroupies dans différentes poses; sur socles de forme
ovale, à quatre pieds.

35 — Bronze chinois. Figure de personnage assis, en riche
costume, représentant une divinité du pays.

36 — Bronze indien. Divinité accroupie, sur un socle orné
de godrons.

37 — Bronze indien. Autre divinité accroupie, dont la coif-
fure est surmontée de trois têtes humaines et d'une
petite figurine accroupie. Socle en bois sculpté, dé-
coupé à jour.

38 — Bronze chinois, doré en partie. Brûle-parfums, en
forme d'animal chimérique debout.

39 — Bronze japonais, incrusté de filets d'argent. Carpe debout sur un socle en bois sculpté.

40 — Bronze chinois, doré en partie. Figure de Confucius,
assis sur un rocher orné d'une tortue.

41 — Bronze japonais Groupe d'un coq et d'une poule, sur rocher, enrichi d'incrustations en argent.

Matières précieuses

42 — Cristal de roche. Vase de forme carrée, à deux anses, orné à sa partie inférieure d'un dragon et de branchages pris dans la masse. Le couvercle est orné d'une chimère, et son socle, de même matière, est rapporté. Haut. 24 cent.

43 — Cristal de roche. Vase de forme analogue, à quatre anses prises dans la masse; couvercle surmonté d'une chimère, et socle rapporté, gravé. Haut. 22 cent.

44 — Jade blanc. Petit vase suspendu par deux chaînes et à couvercle rattaché à la panse du vase par une autre chaîne, le tout pris dans la masse. Monture en bois sculpté.

45 — Jade verdâtre. Cassolette de forme ronde et basse, couverte d'ornements gravés, et à deux anses prises dans la masse et repercées à jour.

46 — Jade gris. Pitongs de forme ronde, avec arbustes sculptés en relief. L'un d'eux a une couche supérieure rougeâtre.

47 — Jade gris verdâtre. Grand et beau groupe de deux chimères. Cette pièce est remarquable par son volume. Haut. 19 cent.; larg. 32 cent.

48 — Cristal de roche. Petit vase de forme cylindrique, à
deux anses formées par des têtes chimériques.

49 — Cristal de roche. Joli petit vase, forme balustre, à deux
anses têtes d'éléphants repercées à jour. La panse est
ornée d'un paysage avec figures, gravé en relief.

50 — Cristal de roche. Petit vase, en forme de balustre aplati,
orné, à sa partie inférieure, de branchages sculptés en
relief et pris dans la masse. Socle en bois sculpté.

51 — Cristal de roche. Vase forme balustre, à huit pans, à
anses repercées à jour. Socle en bois sculpté.

52 — Cristal de roche. Écritoire de forme sphérique aplatie,
entouré de dragons en relief et repercés à jour. Socle en
bois sculpté.

53 — Cristal de roche. Autre Écritoire en forme de fruit, entouré de ses branchages et feuilles lui tenant lieu de
pied. Socle en bois sculpté.

54 — Cristal de roche. Pitong en forme de tronc d'arbre,
entouré d'arbustes et de fleurs.

55 — Cristal de roche. Petit vase en forme de fleur, dont les
feuilles lui tiennent lieu de pied.

56 — Cristal de roche enfumé. Vase forme balustre, à anses
et ornements divers sculptés en relief.

57 — Cristal de roche. Groupe de deux chimères.

58 — Lapis lazuli. Boîte de forme ronde et aplatie, dont le couvercle porte un dragon gravé en relief. Le socle en bois sculpté est repercé à jour.

59 — Lapis lazuli. Petit vase, forme balustre aplati. à deux anses repercées à jour. La panse du vase porte des ornements en relief. Socle en bois sculpté.

60 — Lapis lazuli de Perse, de très-belle qualité. Groupe de deux chimères couchées sur des nuages.

61 — Lapis lazuli, de même qualité. Petit rocher portant des kiosques et des arbustes sculptés en relief.

62 — Jade blanc. Vase forme balustre carré, à deux anses repercées à jour, et dont la panse est ornée de palmettes, de têtes chimériques et d'ornements divers. sculptés en relief.

63 — Jade blanc verdâtre. Rocher repercé à jour. sur lequel repose un oiseau.

64 — Jade vert. Vase de forme droite, entouré de dragons chimériques pris dans la masse et repercés à jour.

65 — Onyx oriental. Petite coupe en forme de coquillage. Très-belle matière.

66-69 — Neuf flacons-tabatières, en agate orientale et autres matières. Ce lot sera divisé.

Porcelaine et Laque

70 — Deux grands vases en forme de bouteille, en porcelaine de Chine émaillée de fleurs en couleur, sur fond
vert, avec bordures à palmettes bleues et roses. Haut.
90 cent.

71 — Petit cabinet en laque rouge de Pékin, dont les quatre
faces sont ornées de dragons en relief.

72 — Autre cabinet en laque rouge de Pékin, à deux portes,
orné sur toutes ses faces de paysages enrichis de personnages finement exécutés.

73 — Ecritoire en porcelaine de Chine formée d'un groupe
de fruits et d'un écureuil. Au-dessous de cette pièce se
trouve un groupe formé par un singe, un cerf et un
oiseau, de même en porcelaine. Monture en bronze doré.

74 — On vendra sous ce numéro les objets omis au présent
catalogue.